물과 불의 사랑

-남북 동서 화합의 메시지

물과 불의 사랑

초판 1쇄 2012년 7월 12일
지은이 심재방
펴낸이 김영재
펴낸곳 책만드는집

주소   서울 마포구 합정동 428−49번지 4층 (121−887)
전화   3142−1585·6
팩스   336−8908
전자우편 chaekjip@naver.com
출판등록 1994년 1월 13일 제10−927호
ⓒ 심재방, 2012

ISBN   978−89−7944−402−5 (04810)
ISBN   978−89−7944−354−7 (세트)

흙돌 시집

책 만 드 는 집
시인선 020

물과 불의
사랑

책만드는집

내 시집을 펼쳐 든 사람이

한글을 깨친 사람이면 누구나

고개 끄덕이며 그래 그래 하면 좋겠다

초등학생부터 대학생까지

학력을 뛰어넘어

내 시 한 편쯤 욀 수 있으면 좋겠다

그중 누가 있어

내 시에 곡을 붙여

노래로 지어 부르면 더욱 좋겠다

동쪽 사람도 서쪽 사람도

남쪽 사람도 북쪽 사람도

남자 여자 어른 아이 할 것 없이

함께 합창하여 노래 부르는

그런 날이 오기를

학 모가지를 하고 기다리며

이후로도

나는 그들의 가슴을 적시고 싶다

시인

그는 항상 목이 마르다
물로 해갈할 수 없는 목마름이다
그는 항상 꿈을 꾼다
이루어질 수 없는 꿈을 꾼다
그는 항상 배가 고프다
밥으로 해결할 수 없는 배고픔이다
그는 항상 고독하다
연인이 곁에 있어도 고독하다
그는 항상 노래 부른다
보표도 없는 노래 부른다
그는 항상 떠도는 나그네다
집이 없어도 집을 짓지 않는다
그는 항상 병을 앓는다
의술로 치유할 수 없는 불치병이다
그는 항상 먼 하늘을 바라본다
그곳에 그가 꿈꾸는 나라가 있다

| 차례 |

1부

2부

3부

1부

사랑이란 이름으로

사랑이란 이름으로 너를 부르노라
내 사랑아!
네 이름 부르는 것도 죄가 되어
어둠에서나 그리워하고
침묵으로나 불러보는
너의 이름 목 놓아 부르고 싶어
인적 없는 산으로 나는 간다
산꿩처럼 너를 부를 때
산 메아리도 굽이쳐 너를 부르누나
내 사랑아!
사랑이란 이름으로 너를 부르노라

그대를 사랑해도 되나요

백마 탄 왕자도 아닌데
나 그대를 사랑해도 되나요
봄날의 꽃 수술 찾아드는
먹그늘나비처럼
나 그대를 사랑해도 되나요
여름날 무지개 아치처럼
아스라이 높아만 보이는
나 그대를 사랑해도 되나요
가을날 노란 우산 쓴
은행나무 잎처럼 정갈한
나 그대를 사랑해도 되나요
겨울의 눈꽃처럼 순결한
눈꽃천사 그대여!
나 그대를 사랑해도 되나요
오직 가난한 마음뿐인데
나 그대를 사랑해도 되나요

짐꾼

당신의 하늘이라도
짊어지렸더니
나의 지게에는
당신의 머리카락 하나 없고
빈 지게에 바람만 흉용하고
짐이 없어 이다지 무거운 마음이여!

내 마음의 짐을
나 홀로 져야 하는 외로운 길
어디서 잠시 쉬어 가려고
나의 지게를 벗으려 하나
내 지게를 괴일
당신은 나의 작대기가 되기도 거부하고

그래도 가야 하는
인생이란 길
나는 짐이 없어 무거운 짐꾼!

나는 여직도 나그네로 걷습니다

사랑의 말이 사랑을 가리키는 손가락이라면
나에게는 열 개의 손가락까지 필요하지 않습니다
고향의 당산 느티나무에 기대서서
인적 없는 신작로를 바라보며
휘파람이나 불던 그날도
나는 고독에 취한 나그네였습니다
밤이면 하늘의 별은 또 얼마나 많던지
나의 별을 점치지 못하고
밤은 예나 이제나 어둡기만 한데
안개 흐르는 새벽길의 미로가 나는 좋습니다
무성한 숲의 깊은 영혼에선
뛰르르 뛰르르 찬가가 울려 나오고
빛의 베일은 어둠이었습니다
방랑은 아직 끝나지 않았어도 근원을 알 수 없는
폐부 깊숙이 스미는 이 행복!
사랑의 말이 사랑을 가리키는 손가락이라면
세상은 처음부터 하나의 손가락!
님이여, 나는 여직도 나그네로 걷습니다

편지

내 심장에 가둬둔
비밀!

만져보면 언제나 두근거리고
뜨거운 한숨 바람에 날린다

자랑하고파 견딜 수 없는
그렇게 간직한 비밀!

수런수런 흐르는 시냇물에
풀잎을 띄운다

저무도록 호젓이 생각하다가
깃을 트는 새 떼

품어도 차지 않으면
비밀히 편지를 쓴다

당신의 프로필

제 눈의 안경이라 하여도 상관하지 않겠소

당신은 내게 여자가 아니라 여인이라오
당신은 세월이 비켜 가는 청춘이라오
당신의 가슴은 추울수록 다스운 화로이라오
당신의 용모는 바라볼수록 끌리는 마력이라오
당신의 의상은 천사의 날개이라오
당신의 얼굴은 눈 떼지 못하는 황홀이라오
당신의 미소는 하늘이 웃음 짓는 천국이라오
당신의 눈은 내 모습 어려 있는 호수이라오
당신의 마음은 고요히 잠들고 싶은 요람이라오

당신은 내게 영원한 오월의 신부이라오

키스 미

님이시여!
당신은 별똥별로 나리십니다
허공에 쉬익 선을 그으며
광속으로 내 품에 안기는
눈 감아도 보이는 내 사랑이여!
이제 우리의 새날이 밝아옵니다
내게 사랑을 가르쳐주셔요
뇌명雷鳴보다 큰 침묵의 언어로
내게 키스해주셔요
나를 벼락으로 때려주셔요
나 가만히 눈 감고 있을게요
님이시여!

오월의 신부

바람을 밀사로 보내셨네
오월에 오신다고
구름 타고
풀잎 드레스 입고
안개꽃 부케 들고
연지 곤지 예쁜 얼굴
오월의 신부
세월을 종으로 부리면서
산 넘고
물 건너
큐피드 금화살 메고
내 가슴 겨누며
꽃가마 타고
오월에 오신다고
바람을 밀사로 보내셨네

꼬리 치는 여자

눈웃음 씽긋 아리송한 그대
말은 안 해도 나의 관심을 끄는
내 마음 싱숭생숭
나는 꼬리 치는 여자가 좋더라

나를 훔쳐보고 지나가는 그대
내 몸매 어때 하며 S 라인 뽐내는
치맛바람 살랑살랑
나는 꼬리 치는 여자가 좋더라

다가가면 새침 떼는 그대
나 잡아봐라 돌아서 달아나는
나비처럼 휘얼휘얼
나는 꼬리 치는 여자가 좋더라

벽장 속 여인

어린왕자를 만나러 무인도로 가는
그녀의 외출은 그림자가 없다
긴 이별 짧은 만남
그녀의 어린왕자도 그림자가 없다
만남 뒤가 더욱 외롭고 그리운
반대 방향으로 멀어져 가는
머리칼 사이로 제트 비행기가 달린다
계수나무 품에 잠드는 옥토끼
달나라 같은 무인도에서
일상으로 돌아오면 그녀는
벽장 속 여인이 되어
새장 속 카나리아보다 가련하다
물정 모르는 삼이웃들은
그녀를 철의 여인이라 부르지만
하루도 열두 때 무인도가 그리워
빈 하늘만 바라본다
벽장은 오늘도 굳게 잠겨 있다

물의 사랑법

떠날 때는 뒤돌아보지 말자
생명을 얻어
처음으로 사랑을 알았고
사랑의 추억이
잊을 수 없도록 아름다워도
사랑의 추억까지도 담아 가지 말자
생명이 있는 한
사랑은 끝없이 오는 것
지나간 사랑으로
마음이 맑지 못하면
새로 시작하는 사랑에게 못 할 일이다
사랑은
언제나 첫사랑같이 하자
지난 사랑이 그랬던 것처럼
새 사랑의 물관을 타고 올라
꽃을 피우고
열음 맺도록까지
또 다른 사랑을 위해
떠날 때는 앞만 보고 가자

실루엣

나는 당신의 어두운 그림자
당신이 빛으로 눈부셔도 나는 그만한 어둠
당신 가는 곳이라면
천 리라도 따르는 나는 당신의 추종자
미워할 수도
지울 수도
한 치도 거리를 둘 수 없는
해님 달님이 있는 한
외로워도 황홀한 나는 당신의 실루엣!

취중 진언

어젯밤은 내가 참 많이 취했나 봅니다

내가 당신을 꽃이라 했다면
당신에게서 향기가 난다 했다면
내가 당신의 향기에 취한 나비라 했다면
당신더러 영원히 꽃으로 살라 했다면
그 꽃을 차마 꺾을 수 없다 했다면
당신 있음에 내가 있다 했다면

이 모든 말은
취하지 않고서는 말로 못 할 진실입니다

사랑은 날개가 있다

사랑은 날개가 있다
물이 깊어도
산이 높아도
훨훨 날아 님에게로 갈 수 있다

땅끝이라도 날 수 있다
구만리장천이라도 날 수 있다

사랑은 날개가 있다
죄가 되어도
벌이 중해도
훌훌 털고 님에게로 갈 수 있다

연옥이라도 갈 수 있다
극락이라도 갈 수 있다
사랑하는 이유 때문에
사랑은 날개가 있다

한 지붕 우산 속

우리 처음 만나던 날
지하철 입구 우산 속에서
너를 기다렸지
갑작스런 여우비에
우리는 연인처럼
한 지붕 우산 속이 되었지
2인 3각 경주처럼
한 손은 우산
한 손은 어깨
한 지붕 우산 속을
조심조심 발 맞춰 걸었지
우리가 운명을 어찌 알겠어
정말 우리가 연인이 될 줄
여우비처럼
예측할 수 없는 게
사랑이란 걸 알았지
우리 그렇게 만났지
한 지붕 우산 속에서……

사랑을 할까 술을 마실까

사월은 잔인한 달!
그렇게 노래한 시인이 있었지
내 마른 가슴에도 사랑이 피어나니
이 얼마나 잔인한 일인가
개나리는 노란 울타리 치고
진달래는 분홍 립스틱 바르고
벚꽃은 화사한 드레스 입고
백목련은 우윳빛 등을 달았구나
초록 머리 흐늘흐늘 능수버들아
나더러 어쩌란 말이냐
마른 가슴에 모닥불이라도 피우란 거냐
춘당지 남생이처럼
섬돌에 옹송크리고 앉아
사랑을 할까
술을 마실까
아 사월의 잔인한 봄날이여!

닫힌 문

언제나처럼 열려 있을 줄만 알았어라
내 집처럼 자재로
드나들 줄로만 알았어라
오늘 네 닫힌 문 앞에 서서
네 문도 잠길 수 있음을 알았노라
너에게도 비밀 코드가 있다는
내가 풀지 못하는 암호가 있다는
나는 까맣게 그걸 모르고 살았어라
때늦은 후회를 하면서
나는 추억처럼 네 문 밖을 서성이노라

쇠똥구리 사랑

당신이 관심으로 보아만 주신다면
나는 쇠똥 굴리는 쇠똥구리라도 좋겠소
당신이 나를 재미있어 하신다면
나는 물구나무로 쇠똥을 굴리려오
당신이 나더러 잘한다 하시면
나는 당신의 하늘이라도 떠받들 수 있다오
당신이 손짓으로 오라 하신다면
나는 뒤로 걸어 천 리라도 달려가려오
거꾸로 보이는 하늘이 잡힐 듯 가깝구려
나는 턱시도 입은 곡예사
요술 지팡이로 밤새워 별을 따 드리리다
당신이 사랑으로 보아만 주신다면

날 부르는 소리 있어

바람 없는 고요한 날에도
두 손 소라귀를 해보면
폭포처럼 들려오는
누군가 날 부르는 소리 있어

얼음장 밑으로 수런수런
시냇물 소리
모락모락 타오르는 아지랑이
에헤야 님 마중 가자

호심에 어리는 님의 얼굴
실바람 소리
땅끝 어디인들 찾아 못 갈까
데헤야 님 보러 가자

누군가 날 부르는 소리 있어

사랑의 의미

우리가 사랑한다는 의미는
눈과 눈의 이끌림이다
나는 네 앞에 무한히 작아져
종내는 너의 눈동자에 담기고
네가 눈 감아버리면
나는 그만 존재하지 않는다
사랑은 그렇게 나를 지우는 것
너의 그윽한 심연
들여다보면
나는 신화처럼 늘 거기에 있고
우리가 사랑한다는 의미는
잠시도 눈빛을 떠나지 않음이다

사랑 죄

세상에 가장 행복한 죄
사랑 죄
당신을 사랑하여
죽어도 좋을 만큼 행복했어요
당신하고만
짓고 싶은 죄

세상에 가장 무서운 죄
사랑 죄
당신을 사랑하여
죽어도 여한 없다 생각했어요
사랑하다가
죽고 싶은 죄

여체

여체를 보면 나는 신을 부정하게 된다
바람결에 찰랑이는 칠흑 물결
초승달 아미의 완벽한 대칭
순수와 밀의를 속삭이는 호수
귀밑머리 나부끼는 목선과 쇄골
이윽고 목마른 풍요의 수밀도
그리고 신의 작품이 아님을 증거하는
생명의 이음 자리
마침내 거웃 베일을 친 생명의 문
쭉 뻗어 내린 두 기둥의 각광
뇌쇄하여 죽고 싶은 유혹
인류 진화의 공동 최고 걸작선
한낱 관념이나 은유에 지나지 않는
신은 죽어도 여체를 만들지 못한다

그냥 네가 좋아서

무슨 이유가 있는 건 아냐
무슨 사연이 있는 건 아냐
그냥 네가 좋아서
나도 몰래 다가간 것뿐야
옷깃만 스쳐도 인연이라는
그런 어려운 건 난 몰라
그냥 네가 좋아서
네 곁에 있고 싶은 것뿐야
맹세도 다짐도 하지 않을래
세상일이란 알 수 없잖아
다만 이 순간을 놓치기 싫어
나 너를 사랑하는 것뿐야
사랑하는 이유는 나도 몰라
왜 사랑하냐 묻지 말아줘
그냥 네가 좋아서
사랑하기 때문에 행복할 뿐야

해후

낯설은 시간과 공간 속에서
당신을 다시 만났을 때
당신은
책갈피에 숨겨둔
한 장의 비밀한 사진이었습니다

세월의 자취야 어쩔 수 없다지만
시간도 어쩌지 못한
하늘과 땅만 아는
당신은 은밀한 보석이었습니다

몸은 낡아도
어디 마음이야 낡겠습니까?
당신을 놓아버린 그날
수억 광년
당신은 나에게 별이 되었습니다

당신의 옆자리에 앉아 보다

당신을 다시 떠나보내도

나는

안녕이란 말은 하지 않았습니다

나에게 사랑 하나 있습니다

이 세상 하늘 아래
나만한 사람 없다고 자랑처럼 말하는
나에게 사랑 하나 있습니다
잘난 구석 하나 없는 나를
하늘처럼 받들어 사랑하는
나에게 사랑 하나 있습니다

나보다 더 기뻐하고
나보다 더 슬퍼하고
나를 위해 먼저 기도하는
자기보다 나를 더 사랑한다는
바보 같은 사랑

이 세상에 태어나
나를 사랑하게 되어 행복하다 말하는
나에게 사랑 하나 있습니다
내 가슴에 집을 짓고 사는
슬픈 내 운명까지 사랑하는
나에게 사랑 하나 있습니다

2부

봄의 서곡

산에 들에
하얀 비단 거두어 가네
나무는
기지개 켜고 꽃눈 비비네
바람이 가만
풍경을 울리네
처마에 고드름
말간 눈물 훔치네
동안거 스님
문 열어 보시네
먼 산 그리메
자오록이 안개 빛이네

자연인

산도 물도
좋은 줄 몰라
새가 벗인지
꽃이 님인 줄 몰라

가락을 짓지 않는
바람처럼 노래하고
색감을 모르는
구름처럼 그려요

삽을 메고
물아래 학처럼
벌판을 가다
사람을 만나면 반겨 웃어요

꽃길

꽃길을 걸을 때면
저만치 세상사 내려놓아라
다만 꽃에 취하라

보드레한 꽃잎에
볼을 대고
꽃 향을 맡을 땐 눈을 감아라

꽃잎일랑은 따지 말아라
진달래가
먹는 꽃일지라도

꽃길을 걸을 때면
꽃에만 충실하라
네 님에게 그랬던 것처럼……

봄노래 부르자

실오리 아지랑이 피어오르고
나물 캐는 처녀
대소쿠리 옆에 끼고 한들한들
오메 봄이 왔어야
자운영밭 염소야 봄노래 부르자

고샅길 개울 걸음이 빠르고
쟁기 진 농군
이랴 워워 누렁소 모는 소리
오메 봄이 왔어야
버들피리 삘리리 봄노래 부르자

보리 모개 파랗게 물결 이는
애진 그리움
연지 곤지 예쁜 아기 진달래
오메 봄이 왔어야
하늘 높이 종달아 봄노래 부르자

산 넘고 들 건너 불어오는
살랑바람에
꽃가루 터트리는 플라타너스
오메 봄이 왔어야
엿장수 산까치야 봄노래 부르자

춘당지 왜가리

회색 줄무늬 블라우스 입고
하얀 스카프에 검은 댕기 하고
분홍 스타킹 신은 왜가리 한 마리가
춘당춘색고금동이라는
창경궁 춘당지 섬돌에 앉아
연못 속을 들여다보고 있다

사람들은 네가
연못의 물고기를 고누고 있다 하나
나는 네가
너의 쓸쓸한 그림자를 들여다보며
하늘과 구름과 나무가 어우러진
네 고향을 그리워하고 있음을 안다

너의 잃어버린 짝을 찾아서
어찌어찌 먼 길을 날아와
천연기념물로 이곳에 앉아 있다만
이 여름이 가고 나면

너는 다시 S 자 목을 하고

납의 입고 훌훌 오던 길을 날아가리라

애기똥풀꽃

오솔길 따라 여리디여린
애기똥풀꽃 피었네
자라도 고만한 애기
저리다 만 똥처럼
피어도 고작 애기똥
호랑나비 손녀 어르듯
우째 이리 앙증맞노
애기똥에 입을 맞추네
아카시아도
장미도 부럽지 않아라
응얼응얼 옹알이하는
샛노란 애기똥풀꽃!

오늘의 날씨

오늘이 평생의 씨가 되리니
흥분과 기대로 아침을 열자
맑은 날은 태양처럼
희망의 씨를 심자
흐린 날은 구름처럼
사색의 씨를 심자
바람 부는 날은 바람처럼
자유의 씨를 심자
비 오는 날은 비처럼
생명의 씨를 심자
눈 오는 날은 눈처럼
순결의 씨를 심자
오늘의 씨가 열매 맺도록
감사와 기도로 어둠을 맞자

나비

나비가 난다
이 수술
저 수술
나비는 날아다니는 꽃이 된다

애벌레
고치 시절
길고 긴 인고의 세월
나비에겐 과거도 현재가 된다

꽃들의 사연
연분 맺어주고
스스로는 훨훨 자유로운
나비에겐 미래도 현재가 된다

순간에서 영원으로
이 산
저 산
나비는 벼랑인들 무섭지 않다

장맛비 갠 날

토란 잎에 은구슬 도르르
낭창이는 초록 물결
신우대 잎새로 참새 포르르
건넛산은 는개 모자
작은 재 넘는 꿩꿩 장닭꿩
숨바꼭질하는 뻐꾹 뻑 뻑국
산비둘기 꾸르꾸르
둑길에 흑염소 매~에
신작로로 핑경 소리 딸랑딸랑
바빠진 개울물
무논에 외다리 백로
터진 구름 사이로
빠끔히 거울 보는 해님
삽 들고 살피에 선 농부들
눈으로 수인사 나누네

산타령

산이 있어 나는야 산이 좋아라
누가 내 마음 같을까
기쁜 날엔 새들도 기뻐하리
슬픈 날엔 꽃들도 슬퍼하리
잊고 살다 찾아가도 반가이 맞아주는
산이 있어 나는야 산이 좋아라

산이 있어 나는야 산이 좋아라
누가 산 마음 같을까
눈에 드는 하늘빛이 고와라
함께 걷는 물소리가 맑아라
의지 없는 나그네 반갑다 맞아주는
산이 있어 나는야 산이 좋아라

나무의 춤

나무는 철학자라
명상하기를 좋아하는데
바람이 놀러 와
자꾸만 춤을 추자 한다

쑥스럽게 앞뒤로 흔들어보는
춤치 나무에게
산새들 소곤소곤
시냇물 졸졸
나무도 흥이 난다

사념에 젖어 있다가
무시로 바람이 놀러 오면
블루스 율동으로
바람 허리 안고 춤을 추며

나무는 생각한다
삶이란 춤추는 것인가

갈대의 노래

우리는 본래 하나라네
서로 사랑하여 모여 산다네
기쁠 때 함께 춤을 추며
슬플 때 함께 울음 울며
바람이 불면 함께 누워도
서로 부추기어 꺾이지 않는다네
바람 자는 날이면
다수굿이 머리 숙이어
우리는 생각하는 갈대가 된다네
더불어 숲을 이루어
서로 사랑하며 살아야 한다고
머리가 하얗게 세도록
우리는 연약한 갈대지만
하나 되면 누구도 꺾지 못한다네
우리는 본래 하나라네

산에서는

산에서는 노래는
새에게 부르게 하라
시는 풍류 시인
바람에게 읊게 하라
독경은 주절주절
물보살이 읽게 하라
산에서는
다만 소라귀를 하라

을숙도

천만리 타관에서 훠이훠이 돌아왔건만
강이 바다를 얼싸안고
바다가 강을 얼싸안고
어머니 자궁 같은 을숙도乙淑島
새 을乙 자 새들의 섬!
누가 저들을 나그네새라 부르는가
아니다 저들은 고향새인 것이다
바다가 그리운 강처럼
흘러간 세월만큼
저들도 고향이 그리워 돌아온 것이다
새들에게 웬 다리란 말인가
새들에게 웬 공원이란 말인가
늪과 뻘과 갈대가 그리운 고향새
고향이 그리워 찾아왔건만
그립던 고향이 아니로세
어머니 자궁 같은
평화와 고요가 그리워 돌아왔건만
고향이 타관 같아
고향새들 끼룩끼룩 울면서 떠나가네

비둘기

내 베란다에 마실 온 비둘기야
평화를 물고 온 게냐
나는 네게 내줄 마당이 없구나

밤비 소리

추적추적 계절의 채찍처럼
가을밤 비가 내린다
밤비에 젖어본 사람은 안다
밤비 소리가
단지 낭만이 아니라는 것을
전신주 변압기가 서럽게 울고
갈 곳 없어 어느 추녀 밑에서
오슬오슬
떨고 있는 사람 있을 것이다
춥고 배고프다는 것이
무엇인지 모르는 사람들의
밤은 휘황하게 깊어가는데
뼛속까지
슬픈 사람 있을 것이다
어느 가난한 시인은
잠 못 이루고 시를 쓸 것이다
창호에 빗살무늬 그으며
가을이 우는 소리

옷고름 풀어가며
수런수런
사연 많은 여인 같구나
뉘우칠 사랑 없는 이 뉘이시리
가을비 내리는 밤
깊은 한숨 짓는 사람은 알리라
눈물이 왜 뜨거운지를……

눈이 내리는 날은

눈이 내리는 날은
하늘이
땅으로 내려오는 날이다

먼 산의 설경도
뜨락 정원수의 설화도
부자의 성채도
가난한 자의 장독대도
은백의 성전이 된다

어른 아이 할 것 없이
하얀 미소 지으며
우리는 모두 순결한
눈 모자 쓴 천사가 된다

눈이 내리는 날은
하늘에서 이루어진 일이
땅에서도 이루어진다

낙엽 편지

계절이 농익는 시절이 오면
바람 배달부는 날마다
내 뜨락에다
낙엽 편지를 놓고 간다
홍조 띤 부끄러운 연서
잊지 못할 금빛 추억
검게 그을은 갈색 고독
점자로 쓰인 낙엽 사연은
얼마나 깊은 상징이냐
낙엽 편지 받아 보고
나는 멍하니 하늘을 본다

하늘나라

여보게!
오늘 자네와 내가 천상병 시인의
귀천에서 만나기로 했구만
천 시인이
아름다운 이 세상 소풍 끝내는 날,
아름다웠노라 말하리라 하고
하늘나라로 가셨다 하네
우리 사는 지구촌도
지구 밖 우주에서 보면
아름다운 별 아니겠나
시방 이곳을 인사동이라 하지
이곳도 하늘나라 어디쯤 아니겠나
지옥 천당이 따로 있겠나
우리 사는 이곳이
어느 땐 지옥
어느 땐 천당
천 시인도 이곳 어디쯤 안 계시겠나
하늘나라가 아득히 먼 나라겠나
쳐다보면 바로 하늘인걸……

메신저

장끼 머플러 두르고
꿩 꾸엉

비둘기 목청 돋우어
꾸르 꾸꾸르

휘파람새 입 오므려
후이 휘후이

뻐꾸기 숨바꼭질
뻐꾹 뻑뻐꾹

소쩍새 나 찾아봐라
소쩍 소소쩍

내 님에게 보리피리
삘 삘리리

돌과 물

돌이 돌부처로 돌아앉았는데
물이 말없이 다가와 간질이자
돌부처 킥킥거리고
물이 됐다 싶어 깔깔대네
내 말이 니 말이야
니 말이 내 말이야
얼쑤 죽이 맞아 수런대다가
물이 나 잡아봐라 달아나자
돌이 니 잡히면 죽는다
콜콜콜 계곡이 왁자하니
저거이 물소리가 돌소리가?

새

한 줌 고독으로 앉아
금빛 햇살 물고
새는 명랑을 조잘거린다

몇 톨의 천록天祿에
감사히 입을 닦고
이보다 좋을 순 없다는 듯
축복의 메신저가 된다

새는
울어도 노래가 된다
새가 없는 하늘은
저승처럼 적막하리라

우듬지로 돌아갈 때
새는 세상 향해
후두둑 박수를 보낸다

낙타

터벅터벅 둥둥 쌍봉낙타가 간다
모래폭풍이 다림질한 실크로드
허공에 얼비치는
신기루가 없다면 넘지 못하리라
노둣돌 하나 없는 실크로드
저 사구 너머 어드메쯤
무지개와 야자수 숲이 보이고
생명의 샘 오아시스가 있으리라
폭염과 추위의 사막 길
긴 눈썹 껌벅껌벅
낙타는 언제 무심을 익혔을까
하늘보다 무거운 수고로운 짐 지고
오아시스로 난 외발자국
터벅터벅 둥둥 쌍봉낙타가 간다

모과

비바람이면 어떠냐
된서리면 어떠냐

뿌리 깊이 내리고
머리 높이 들고

인고의 세월
울퉁불퉁 살았노라

뒤틀리고 모질어도
향香이야 없을쏘냐

인생이 이런 맛일까
차나 한잔 드시게나

구럼비 너 어데 가니?

범섬 문섬 등대 다 버리고
구럼비 너 어데 가니?
저 고근산오름도 눈물짓고 있구나
가까이 있어 소중한 줄 몰랐던
까마귀쪽나무들이 혈육 같구나
평화를 지키겠다는
화약 냄새가 고약도 하겠지
너를 죽이자 살리자
고함과 쌈박질이 역겹기도 하겠지
너 가버리면
용천수 정안수는 어디서 구하랴
저 붉은발말똥게 맹꽁이들은
네 품 아니면 또 어디서 살랴
한번 가면 다시는 못 오는 길
네 치맛자락 붙잡고 울어본들
발파의 포성만 천지를 뒤흔드누나

3부

삶

삶이 어찌 즐겁고 행복하기만 하랴
우리의 구미가
시고 쓰고 맵고 달고 짠 맛이듯
인생 또한 그러하나니
입맛대로 사는 것도 제멋이지만
단맛에 취하지 말고
쓴맛에 뱉지 말라
살다 보면 갠 날 궂은 날
번차례로 겪는 일
오늘의 삶을 부정하지 말라
슬픔도 절망도
세월의 단련을 지나고 보면
그 또한 석류 알처럼 붉고 고운
보람이요 기쁨일지니
삶이 어찌 괴롭고 불행하기만 하랴

맨 뒤에 서기

내가 출근길을 서둘러 나서는 것은
맨 뒤에 서기 위함이다
지하철 에스컬레이터 측면에 비켜서서
급한 종종걸음들 먼저 보낸다

승차선 맨 뒤에 서서
모두 안전하게 승차하길 기다린다
빈자리 탐하지 말자 다짐한다
모두들 수고롭고 고단한 삶들이다

내릴 때도 모두의 안전을 확인하고
행렬 맨 뒤에서 계단을 하나둘
감사 감사 사랑
감사 두 번 사랑 한 번을 되뇌인다

횡단보도 신호등에서도 맨 뒤에 서서
노란 병아리들 해찰도 살펴주고
오늘도 무사히 귀가하는 길에

비둘기며 까치가 나를 영접한다

산다는 것이 이 얼마만 한 축복이냐!

한 살림 한 일꾼

나를 버리니 나 아닌 것 따로 없네
젊음의 끓는 피 어디에 쓰랴
땅만 한 솥을 걸고 큰 밥 한번 지어보세
중생이 내로세
내가 중생이로세

고향을 떠나니 고향이 따로 없네
이상의 푸른 꿈 어디에 쓰랴
하늘만 한 지붕에 큰 집 한번 지어보세
여기가 극락이로세
극락이 여기로세

인연을 놓으니 인연이 따로 없네
사랑의 화수분 어디에 쓰랴
하늘땅 걸어 큰 다리 한번 놓아보세
인류가 하나로세
세계가 하나로세

그날이 언제라도

맑은 날 오시겠노라면
하늘을 싸리비로 쓸어두리다

흐린 날 오시겠노라면
호호 유리창을 닦아두리다

바람 부는 날 오시겠노라면
지붕에 깃발 하나 세워두리다

비 오는 날 오시겠노라면
노오란 우산을 준비해두리다

눈 오는 날 오시겠노라면
벽난로를 따스히 피워두리다

그날이 언제라도
찻물을 보글보글 끓여두리다

술로 된 세상

산이 취해 춤추고, 바다가
주정하고, 하늘이
종일 마신 술로 붉게 달아 있다

노동은 금빛 술잔
새는 높은 나뭇가지 위에서
노래 부르고
농군은 육자배기로 돌아온다

밤은 만상의 아내
부끄러워 어둠에 금침을 숨기고
모든 주정들을 잠재우고 있다

세상이란 술독은
아침이면
다시 은빛으로 출렁이고
잔이 큰 자일수록 너그러운 화수분

세상은 포도주!
포도주에 입술 적시는 사람은
연애 중에 있다
님이여,
당신은 어떤 포도주보다 달콤하다

허튼춤

달이 뜬다 모닥불 피워라
한이야 설움이야
무단히 세상이 부끄럽구나
바가지탈 가져오니라
외다리 꺾어 들고
으쓱으쓱
허튼춤이나 추면서
사당탈 쓴 고운 님 어디 보자
쾌자 자락 아른아른
색동저고리에
박가분 얼굴이 곱기도 하여라
모닥불 너울너울
달그림자 밟으며 춤을 추자
얼씨구 지화자 조오타
막걸리 한 됫박 들이키고
모닥불 사위도록
흐드러지게 놀량가 부르자
에라디여 요호야 요호올

깃뚱깃뚱 기우는 세월
대추나무 하늘에
잔월도 저만치서 글썽이누나

내가 나에게

사람이면 어찌 실수가 없으랴
불에 데인 화상을
어머니가 그랬던 것처럼
호호 불며
푸른 이끼로 감싸주리라

날마다 어찌 좋은 날만 있으랴
눈비 내리는 날
다정한 오누이에게처럼
다정스레
노란 우산을 받쳐주리라

사노라면 독한 회원들 없으랴
덧없다 싶을 때
오래된 친구에게처럼
가슴 열고
재스민 차 한 잔 나누리라

인생살이 어이 기쁘기만 하랴
외롭고 슬프거든
사랑하는 연인에게처럼
정중하게
장미꽃 한 송이 바치리라

내가 나에게……

분필

공기처럼 분필에 묻힌 한 생
너는 내조자로
고마운 생각도 없는
노역勞役을 다하였구나

너의 분골粉骨이 헛되지 않아
나의 미거함이
어린 싹들의 뼈로 서서
어느 날에 빛이 되면
어느 곳에 소금이 되면

내 위패에 새겨질
학생부군신위學生府君神位!
이는 날마다 죽은 너희 몫이리라

잔을 비우며

사연이야 어떻든
중요한 건
우리가 이렇게 마주함이다
기뻐서 한 잔
슬퍼서 한 잔
어금니 깨물고 살아온 날들
어느덧 이마엔 주름이 패고
세월은 아프지만
추억은 아름답구나!
삶이란, 기뻐도 눈물
슬퍼도 눈물
눈물 같은 잔을 비운다
잔은 비워도 술은 남는다

고요

죽음보다 더 깊은
내가 온 그곳
잠 못 이루는 밤
소쩍새나 알까
귀또리나 알까
뇌성에 번쩍 금이 가는
내가 돌아가야 할
저승보다 먼 그곳

방랑자의 노래

가는 곳을 묻지 말아요
창백한 들녘
나그네 도포 자락
섧다 말아요

작은 것으로 만족하고
가난한 꿈 뿌리는
방랑자의 넋을
덧없다 말아요

마지막 떨다 지는 잎도
흐르는 물어름
서걱이는 모래알도
영원의 품에 있는 것

돌아올 날을 묻지 말아요
사랑은 순간으로도
영원한 것
슬퍼 말아요

그대의 삶이 시 아닌가

나비가 꽃밭에 드는 것처럼
그대가 사랑에 빠진다면
결실結實한 사랑도 아름답지만
그 사랑이 상처로 남는다 해도
그대의 사랑이 시 아닌가

꿈은 꿈꾸는 자의 것이듯
꿈을 먹고 사는 그대
이루어진 꿈도 아름답지만
그 꿈이 회한으로 남는다 해도
그대의 꿈이 시 아닌가

젊은 날의 실의와 좌절들도
그대가 추억에 잠긴다면
지금은 희부염 빛이 바랬어도
추억은 아픔까지 아름다운 것
그대의 추억이 시 아닌가

그대만의 하고 싶은 일들
그대만이 할 수 있는 일
남들이 몰라주어 속상하지만
비록 생활고에 시달린다 해도
그대의 작업이 시 아닌가

이제는 잔잔한 호수 되어
호심에 드리운 역상逆像
하늘과 구름과 나무와 새도
그대로 아름다운 풍경이 되듯
그대의 삶이 시 아닌가

내게 길을 묻는가

여보게 젊은이 내게 길을 묻는가
길 아닌 곳 없으니
나도 길을 모른다네
이리 와 잠시 쉬어 가게나
길 없는 저 하늘에
구름이 흐르고 새가 날지 않는가
여기 나무 그늘도 아니 좋은가
나는 예서
솔바람 소리나 들으랴네
여기 바위 반석도 좋지 않은가
나는 예서
언뜻언뜻 하늘이나 보려네
언젠가 길 찾거든 놀러 오게나

고향 사람

언제 우리 만난 적 있을까
투박한 말 한마디로
고향을 묻지 않아도
고향 사람인 줄 알겠네

흙이 같아 그런가
물이 같아 그런가
어딘 듯 닮은 고향 사람
오랍 누이처럼 정이 끌리는
우리는 신토불이야!

언제 다시 만날 수 있을까
아쉽게 악수 나누며
물설고 낯설은 곳
고향 사람아 잘 살기요

유리창에 쓴 이름

유리창에 얼음꽃이 피었습니다
재미 삼아 내 이름 석 자를 써보았습니다
햇살이 다가와 내 이름을 읽습니다
그러자 받침이 눈물방울로 흘러내립니다
다음으로 모음이 무너져 내립니다
첫소리마저 망가져 버리더니
몇 줄기 눈물 자국만 남습니다
햇살이 내 이름을 다 읽었는지
이름 석 자가 완전히 사라졌습니다
햇살이 내 서재까지 빠끔히 들여다보더니
손사래로 뒷걸음쳐 물러납니다
얼음꽃마저 시들어버렸습니다
덧없기가 역사의 한 장면 같습니다

곰소 나루

회칼이 번쩍
곰소 어시장 좌판에 앉아
소주를 마시는데
겨울 바다에 누가
눈소금을 뿌려두었나
또 누가
모항母港을 흔드는 것이냐
나그네 설움도 때로는
아름답구나
칠산 앞바다로 해가 저물고
곰소 나루로
펄럭이는 나그네……

술꾼의 자존심

술이 나를 청해 부를 때
나는 늘 술 앞에 있소
술잔이 내게 순배될 때
나는 사양의 덕을 모르오
술잔을 받아 들면
거기엔 파르르 떨리는 보표가 있고
술은 시가 되고
노래가 되고
거친 세상의 다리가 되오
피 같은 술!
술이 내 피에 용해될 때
나는 목양자처럼 너그러워져
그대는 나의 친구이거나 형제라오
술꾼의 자존심으로
나는 한 방울의 잔술도 남김이 없소
그리고 나는 되뇌인다오
술은
내 인생의 가장 위대한 스승이라고

거꾸로 보는 세상

개구쟁이 동심으로 돌아가
가랑이 사이로 세상을 보아
날마다 걷는 길이 하늘로 나 있잖아
내 사는 산동네가
하늘나라 성채잖아
매일 보는 사람들이
하늘나라 천사잖아
인생이 서러울 때
마음이 고달플 때
물구나무서서 세상을 보아
두 발이 하늘을 딛고 서 있잖아
여기가 바로 하늘나라인걸
우리 모두 하늘나라 천사인걸

우산별곡

비가 내리면
비바람 막아주던 너
비 그치면
까맣게 잊혀지는 너!

궂은 날이면
하늘을 받쳐주던 너
비 개이면
하찮게 버려지는 너!

날이 맑으면
너를 잊고 살아도
비가 내리면
다시 시녀가 되는 너!

너와 더불어
외출하였다가도
내 부주의로
문득 생이별하는 너!

물과 불의 사랑

음陰 기운이 땅으로 흘러내려
물이 태어나는 날
양陽 기운이 하늘로 피어올라
불이 태어나는 날
물과 불은 죽기 살기로 싸워야 했다
어느 날은 불바다
어느 날은 물바다
그리는 서로 살 수 없음을 알았다
불의 뜨거운 열정을 물이 다스려주었다
물의 차거운 냉정을 불이 덥히어주었다
서로를 인정하고 격려하면서
조화와 협력의 역사가 시작되었다
물은 낮은 데로
불은 높은 데로
서로의 가는 길이 다를수록
물은 불이 그리워졌다
불은 물이 그리워졌다
극과 극이 만나
물과 불은 죽고 못 사는 사랑이 되었다

내일이 있기에

내일이 있기에 어두운 터널에서
설움과 애탐을 달래며
오늘 꿈나무 하나 심어두자
꿈은 꿈만으로도 아름다운 것
인내의 쓴맛이 오히려 달다
내일이 있다고 나직이 나직이 말하자

내일이 있기에 하늘을 우러러
눈물과 한숨을 달래며
꿈나무 푸르게 북돋워 주자
내일 있어 오늘이 빛나는 것
구름 싸리비로 하늘을 쓸며
내일이 있다고 조곤히 조곤히 말하자

나 그리 살고 싶어라

틀도 테도 짓지 않는
나 물처럼 살고 싶어라

혼과 혼이 울리는
나 소리처럼 살고 싶어라

머물지 않고 떠도는
나 바람처럼 살고 싶어라

어두운 곳 비춰주는
나 빛처럼 살고 싶어라

해와 달 별들의 고향
나 허공처럼 살고 싶어라

이력서

아침이 되어도
해가 뜨지 않는 사람이 있다
참새들이 날이 밝았다 재재거린다
시린 흰 와이셔츠에
색등거리 구색을 맞춰보지만
벽에 걸린 정장은 목이 없다
현관에선 구두가 외출을 기다리나
고용 없는 성장
톨레랑스 프랑스도 관용을 잃었다
오늘도 짝사랑 연서 같은
이력서에 증명사진을 붙인다
메아리도 돌아오지 않는
쪽방엔 점낮 자루 빛만 괴괴하다

새벽을 여는 사람들

세상이 잠에서 깨어나기 전
아직 어둑길
도로에 빛의 터널을 놓는 운전기사
지구 한 자락을 비질하는 미화원
지하 터널로 기적을 울리는 기관사
지하철 첫차를 기다리는
남루한 차림의 고단한 사람들
어둠을 여는 열쇠를 가진 그들로
마침내 새벽이 열리고
세상은 부스스 기지개를 켠다
등대가 뱃길을 밝히듯
정작 자신은 어둠에 묻고 사는
그들이 있어 세상은 오늘도 밝다

물갈이

물갈이는 밤낮이 없다
고요하고 외딴 연못 하나
해님도 세수하고
구름도 멱 감고
바람도 여기서는 잠이 든다
나무들도 궁금하여 들여다보고
밤이면 달님 별님
초롱초롱 밀어로 속삭인다
정든 물 아쉽다
새 물 반갑다
물고기들 뻐끔뻐끔 인사한다
물갈이는 조용한 혁명
수고로운 역정 다 지나서
바다는 혁명가들의 광장이 된다
호젓한 연못은
물갈이로 오늘도 젊어 있다

흙돌 시인이 일구어낸 '조용한 혁명'

홍장학 **평론가**

 사적으로 잘 아는 사람의 시詩를 읽는 것은 기쁨 못지않게 어려움이 따르게 마련이다. 그것은 사랑과 미움의 감정이 대개는 서로 모르는 사이에서보다 잘 아는 사이에서 빚어진다는 점과 마찬가지다. 그러니까 시인에 대해 잘 모르는 상태에서 시를 읽는 것은 그 반대의 경우보다 어찌 보면 다행한 일일 수 있다. 시를 나의 개인적 체험과 이해의 지평 위에 올려놓고 부담 없이 '내 것'으로 소화하기만 하면 그만이다. 시인과 독자가 사적으로 만나는 경우란 흔한 일이 아니므로 실제로 대부분의 시는 그렇게 편한 방식으로 공유共有 되게 마련이다.

 그러나 잘 아는 사람의 시를 읽는 작업은 그와 사뭇 다르다. 우선 시를 받아들이는 과정부터가 단순하지 않다. 시만 읽는 것이 아니라 시를 쓴 '그 사람'까지 동시에 고려의 대상이 되고, 내가 알고 있는 '그의 생활'이 어떻게 '시적 언어'로 숙성되었는지 그 과정에 우선 눈길이 돌아가게 된다. 그렇지 않겠는가? 동네 슈퍼에서 사 온 쌀로 지은 밥과, 고향의 늙으신 부모가 보내온 쌀로 지은 밥은 그 맛이 같을 수가 없는 법이다.

'흙돌'로 자호自號를 삼은 심재방 시인과 나는 1970년대 벽두 신촌 부근 서강 언덕에서 같은 과 선후배로 처음 만났다. 70학번인 형과 71학번인 나는 금세 형제처럼 가깝게 되었는데 그것은 다른 이유 때문이 아니다. 얼굴은 서로 달랐지만 세상을 향해 선위치나 자세가 서로 비슷했기 때문이다. 우리는 물질적으로나 정신적으로 극심한 허기증에 시달리고 있었고, 교문 앞에 자주 퍼지곤 했던 최루탄 가스와 연막煙幕만큼이나 예측 불가능한 미래와 마주 서 있었다. 같은 문학 동아리에 속해 있긴 했지만 돌이켜보건대 우리 둘을 한데 묶어놓았던 것은 그 무슨 시심詩心보다는 절망絶望, 허기증虛飢症, 취기醉氣가 아니었던가 생각된다.

졸업 후 곧바로 교단으로 향한 형은 행복해 보였지만 그 기간은 내가 알고 있는 한 결코 긴 것이 아니었다. 슬하의 혈육에게 닥친 질병과 싸워야 하는 기나긴 인고의 세월이 넉넉지 않은 평범한 가장에게 어느 날 느닷없이 들이닥쳤던 것이다. 형은 이 싸움에서 물러날 처지도 아니었고 결코 물러나지도 않았다. 교직은 봉급과 더불어 자존심을 먹고 살게 마련인 직종이다. 형은 자식의 질병과 싸우면서 엄청나게 피를 흘렸다. 자존심도 때로는 접어야 했다. 따라서 시심詩心이란 내가 아는 한 형에겐 정신적 사치일 수밖에 없었다. 그래서였을까?

　　유리창에 얼음꽃이 피었습니다
　　재미 삼아 내 이름 석 자를 써보았습니다
　　햇살이 다가와 내 이름을 읽습니다
　　그러자 받침이 눈물방울로 흘러내립니다
　　다음으로 모음이 무너져 내립니다
　　첫소리마저 망가져 버리더니
　　몇 줄기 눈물 자국만 남습니다
　　햇살이 내 이름을 다 읽었는지
　　이름 석 자가 완전히 사라졌습니다
　　햇살이 내 서재까지 빠끔히 들여다보더니
　　손사래로 뒷걸음쳐 물러납니다
　　얼음꽃마저 시들어버렸습니다
　　덧없기가 역사의 한 장면 같습니다
　　　　―「유리창에 쓴 이름」 전문

　이 작품은 내가 기억하는 형의 현실을 잘 드러내고 있는 텍스트로 해석된다. 최치원의 「추야우중秋夜雨中」에 나오는 '등전燈前(등불 앞)'이나 윤동주의 「돌아와 보는 밤」에 나오는 '방 안'이 그러하듯 우리 시가詩歌의 전통에서 실내는 종종 시적 자아의 내면적 공간을 상징한다. 이 전통이 이 작품 해석에도 유효하다면 유리창은 세상으로 열린 의식의 통로인 셈이 되며, 여기에 끼워진 유리란 다름 아닌 바깥 현실과 부딪치는 의식의 접점이다. 여기에 '얼음꽃'(성에)이 무엇인지는 그렇다면 자명하다. 그럼에도 화자는 "재미 삼아" 여기에 이름 석 자를 써보았는데 그 이름자가 그만 햇살에 '흘러내리고', '무너져 내리고', '망가져 버리더라'는 것이다. 사람의 이름은 대개의 경우 세상의 어느 누구와도 공유되기를 기피한다는 점에서 나의 정체성이다. 그것이 "몇 줄기 눈물 자국만 남"기고 다 지워졌다는 것이다. 비극은 거기에서 끝나지 않는다. '나의 시'가 숙성되는 서재를 "빠끔히 들여다보더니" 햇살은 "손사래로 뒷걸음쳐 물러"나고 있다. 시적 언어로 표현되기는 했지만 이 작품은 '시 쓰기마저 불가능할 정도'의 극한적 현실을 그대로 나타내고 있다.

그럼에도 이 작품은 형의 다른 작품에 비해 예외적이다. 그만큼 이 시집의 다른 작품들은 대개의 경우 절망적 고백과는 거리가 멀다. 다음을 보자.

내가 출근길을 서둘러 나서는 것은
맨 뒤에 서기 위함이다
지하철 에스컬레이터 측면에 비켜서서
급한 종종걸음들 먼저 보낸다

승차선 맨 뒤에 서서

모두 안전하게 승차하길 기다린다
빈자리 탐하지 말자 다짐한다
모두들 수고롭고 고단한 삶들이다

내릴 때도 모두의 안전을 확인하고
행렬 맨 뒤에서 계단을 하나둘
감사 감사 사랑
감사 두 번 사랑 한 번을 되뇌인다

횡단보도 신호등에서도 맨 뒤에 서서
노란 병아리들 해찰도 살펴주고
오늘도 무사히 귀가하는 길에
비둘기며 까치가 나를 영접한다

산다는 것이 이 얼마만 한 축복이냐!
―「맨 뒤에 서기」 전문

  이 작품에서 화자는 세상으로 나아가는 출근길에서부터 세상의 '맨 뒤'에 서고자 한다. 세상은 예나 지금이나 무한 경쟁이 당연시되는 싸움터이다. 이런 세상에서 '맨 뒤'란 결국 '패자의 자리'이다. 그런데 화자는 어떤 불가피한 사정이나 강요에 의해서가 아니라 자발적으로 이 패자의 자리에 서고자 한다. 그뿐이 아니다. 화자는 생활의 매 순간마다 "감사 두 번 사랑 한 번"을 주문처럼 "되뇌"일 뿐 아니라 '산다는 것'을 무한한 '축복'으로 간주하고 있다.

무슨 엄청난 지각변동이 일어난 것일까? 도대체 어찌 된 셈일까?

이번 형의 시집 제호題號인 「물과 불의 사랑」에서 그 답을 추론해보자.

음陰 기운이 땅으로 흘러내려
물이 태어나는 날
양陽 기운이 하늘로 피어올라
불이 태어나는 날
물과 불은 죽기 살기로 싸워야 했다
어느 날은 불바다
어느 날은 물바다
그리는 서로 살 수 없음을 알았다
불의 뜨거운 열정을 물이 다스려주었다
물의 차거운 냉정을 불이 덥히어주었다
서로를 인정하고 격려하면서
조화와 협력의 역사가 시작되었다
물은 낮은 데로
불은 높은 데로

서로의 가는 길이 다를수록
　　물은 불이 그리워졌다
　　불은 물이 그리워졌다
　　극과 극이 만나
　　물과 불은 죽고 못 사는 사랑이 되었다
　　　―「물과 불의 사랑」 전문

　형이 70학번, 내가 71학번, 당시 대학가는 박정희의 장기 집권 음모에 맞서 연일 최루탄으로 눈물 잔치를 벌여야 했다. 1971년 박정희·김대중 대통령선거 때 형과 나는 당시 야당 신민당의 학생 선거 참관인으로 의정부 선거구에 함께 참여했다. 각종 부정 선거에도 불구하고 가까스로 승리한 박정희는 유신을 준비하고 총통제 장기 독재정권 수립을 음모할 때였다.

　동료들이 형을 구별하는 두 가지 상징물이 있었다. 하나는 대학 4년간 줄기차게 신고 다니던 '흰 고무신'이었고, 또 하나는 데모 때면 머리를 질끈 동여맨 '두건(타월)'이었다. 그리고 늘 선봉대 50명을 규합하여 진두지휘했다. 요즘 말하는 이른바 '데모꾼'이었던 셈이다. 그로부터 40년이 흘렀으니 강산이 변해도 네 번은 변했을 세월이다.

　형은 그동안 주역의 마지막 괘인 '미제未濟'를 건넌 것일까. '미제'란 물과 불이 맞닥뜨린 형국이다. 불은 위로 타오르려 하고, 물은 아래로 흐르려 하기에 서로 엇갈려 만날 수 없다. 물과 불은 음양陰陽을 대표하는 상극이다. 형의 대학 시절은 한마디로 무모할 만큼 용감한 '불'이었다.

그런 형이 '물과 불의 사랑'을 노래하고 있다. 아이러니가 아닐 수 없다.

지난 40년을 돌이켜보면 우리 국민들은 박정희가 장기 집권을 꾀하면서 빚어놓은 지역감정의 늪 속에서 허우적이며 살아왔다. 지역감정의 늪은 아직까지도 막강한 위력을 발휘하고 있다. 동서(영호남) 대립은 물론 보수와 진보의 골까지 파놓고 우리를 옥죄고 있다. 특히 정치판은 일보도 진전을 못 보고 그야말로 물과 불의 앙숙 상태이다. 40년이 흐른 2012년에 치른 지난 4 · 11 총선에서도 이를 여실히 증명해 보여주었다. 완전히 동서의 지도를 그리지 않았던가. 이제 다시 연말 대선을 앞두고 있다.

그러나 희망은 있다. 안은 어둡지만 밖은 밝아 오전과 선천에 해당하는 '미제'는 오후와 후천을 예정하고 있어 마침내 해결하고 완성될 수 있음을 내포하고 있는 것이다. 물론 이렇게 되기까지는 합리적 처신과 피나는 노력이 있어야 한다. 동양의 이상형인 군자의 도와 덕이 갖추어져야 한다.

하지만 형은 언제 어떤 동기로 물과 불의 조화와 협력을 체득했을까 여전히 의문이 남는다. 졸업 후 일체의 정치 노선과 관계없이 살아온 형이다. 시를 쓸 만한 여력도 없어 문단마저도 얼씬거린 적이 없었다. 그야말로 호구지책에 급급한 삶이었다.

나는 여기서 형이 전라도 출신임에 주목하고자 한다. 전라도 출신 호남인들은 철저하게 불평등, 푸대접, 멸시, 모멸을 받아왔다. 적어도 박정희 시대 이후부터는 그렇다고 볼 수 있다. 그래서 김대중이 정권을 잡으면 피바다가 될 거라고들 우려하고 걱정했다. 천신만고 끝에 대통령이 된 김대중은 일체의 정치 보복을 하지 않았다. 만약 정치 보복을 했더라면 갈등의 골은 골을 지나쳐 영호남이 불구대천의 원수가 되었을 것이다.

형은 전라도 출신으로 이런 우리의 현실을 직시하지 않았을까. 더 이상 물과 불의 갈등과 대립이 아닌 조화와 협력을 깨닫게 되지 않았을까. 결자해지란 말도 있지만 결자가 해결할 기미를 보이지 않는다면 당한 자가 용서와 화해의 손을 내밀 수밖에 없지 않겠는가. 아무쪼록 형이 제시한 '물과 불의 사랑'이 우리 국민들 모든 가슴에 감동으로 배어들어 동서 갈등을 해소하고 나아가 화해와 협력의 시대가 오는 계기가 되기를 바란다. 나는 감히 형의 시집 『물과 불의 사랑』에서 이 시 한 편만으로도 불후의 명작을 남겼다고 찬사를 보내고 싶다.

원래 종교적 신비 체험이란 종교 체험의 바깥에 서 있는 무신론자無神論者에게는 처음부터 추체험이 불가능한 법이다. 형의 시편들을 읽으면서 나는 현실적 합리성에 감금된 무신론자의 답답함을 느낀다. 도대체 형은 시詩마저도 허용하지 않는 극한적 간고艱苦를 어떻게 넘어간 것일까? 형의 시편에 나타나는 화자話者들은 사랑과 화해로 세상을 새롭게 해석해야 될 것이라고까지 설득하고 있다.

시에 설정된 시적 정황이 기계적으로 시인의 현실을 반영하는 것은 아니지만 그렇다고 해서 시인의 현실 체험과 철저히 구별되는 가상적 공간일 수는 없다. 시적 화자까지를 포함해서 시적 정황은 어떤 식으로든 현실적 체험에서 숙성되고 걸러진 것이다. 형의 인식 공간은 어느 사이에 이토록 환골탈태한 모습을 보여주고 있다.

백석 같은 선배 시인도 자신의 삶이 더 이상 내려갈 데가 없는 곳, 그러니까 바닥까지 내려왔다고 느낀 그 순간에 이렇게 읊었다.

하눌이 이 세상을 내일 적에 그가 가장 귀해하고 사랑하는 것들은 모두

가난하고 외롭고 높고 쓸쓸하니 그리고 언제나 넘치는 사랑과 슬픔 속에 살도록 만드신 것이다

초생달과 바구지꽃과 짝새와 당나귀가 그러하듯이

그리고 또 '프랑시쓰 쨈'과 '도연명'과 '라이넬 마리아 릴케'가 그러하듯이

—「흰 바람벽이 있어」(《문장》1941. 4) 중 마지막 구절

희귀한 것치고 대가 없이 얻어지는 경우란 거의 없다. 무당의 첫 신내림도 대부분의 경우 극도의 절망이나 육체적 고통을 앞세우고 이루어진다. 시적 인식도 이와 다르지 않다는 것을 시를 써

본 사람은 대개 다 안다.

앞서 인용한 작품에서 백석 역시 더 이상 내려갈 데가 없다는 절망 속에서 문득 자신이 어떤 존재인가를 새롭게 확인한다. 자신의 삶이 아무리 발버둥 쳐도 고통과 분리될 수는 없다는 것을 뒤늦게 깨달은 순간 그의 눈에는 평소 아름답다고 느껴오던 이 세상의 모든 것들이 새롭게 피어난다. 아름다운 것들의 아름다움 ―그것이 실은 고독과 고통으로부터 피어난 것이라는 것도 비로소 알게 된다.

그렇다면 자기에게 운명처럼 덧씌워진 고통이란 것도 실은 자신의 영혼을 아름답게 피워낼 자양滋養이었던 셈이다. 그토록 자신을 울리던 고독과 고통이 실은 절대자의 사랑이었다니⋯⋯! 백석은 삶의 바닥까지 내려온 후에야 자신이 '시인'일 수밖에 없다는 것을 깨닫고 새로운 인식의 공간으로 높이 날아오른 것이다.

'흙돌'로 자호自號를 삼은 형은 도대체 삶의 어느 깊이까지 내려갔던 것일까? 어떤 방식으로 '신내림'을 겪었던 것일까? 고통에 짓눌려 있어야 할 형의 시혼詩魂은 지금 아무나 함부로 흉내낼 수 없는 고도高度를 뿜내고 있다. 형의 따뜻한 시선은 갈라진 세상을 부드럽게 어루만지고 있고 형의 목소리는 시종일관 훈훈한 낙관의 광채를 뿜어내고 있다. 그러나 형의 시편들은 내가 더 이상 형의 지기知己가 될 수 없음을 웅변하고 있는 셈이다.

형과 서강의 언덕에서 따뜻한 인연을 맺은 지 어언 40년이 넘었다. 나는 그간 형의 지기 중 한 사람임을 자처해왔다. 그러나

최근 몇 년 사이 우리는 적조積阻했었다. 그 때문일까. 오랜만에 형의 시편들을 보고 또 보며 나는 놀라고 있다. 얼마 전까지도 감히 나는 형과 내가 시계視界가 불량하고 극도로 경사진 어느 아슬아슬한 지형에 이웃하여 살고 있는 같은 정신적 번지番地의 주민이라고만 생각했었다. 그러나 형의 시편들은 형이 이미 이곳을 떠났다고 증언하고 있다.

형은 언제 이곳을 떠난 것일까? 형의 정겨운 지기로 남으려면 나도 이제 이곳을 떠나야 하는 것일까? 형이 부럽다.

시집 한 권 내는 것이 어떤 사람에게는 아무것도 아닌 일일 수 있겠지만 나 같은 사람에게는 바로 형의 경우와 같은 불가해한 변화 때문에 '조용한 혁명'으로 간주된다. 시인은 운명적으로 세상을 새롭게 해석하게 마련이고 그 시를 읽는 사람에게는 새로운 세상을 만나게 되는 축복이 베풀어진다. 형의 시가 보다 많은 이에게 새로운 세상을 열어주기를 빈다. 이제 형에게 축하주 한 잔을 따를 시간이 되었다.

홍장학 KBS 〈TV, 책을 말하다〉에서 『정본 윤동주 전집』(문학과지성사)이 2004년 '올해의 책' 10권에 선정됨

흙돌 시인을 말하다
―유쾌한 방랑자! 흙돌 시인을 생각하며

김만년 **시인**

행여 옥고에 누가 될까 염려되기도 했지만, 화사한 봄빛에 용기를 얻어 흙돌 시인의 『물과 불의 사랑』 발간에 부치는 축하의 글 몇 자 올린다.

흙돌 시인을 생각하면 우선 작은 미소가 번진다. 언제나 긴 바바리 깃을 세우고 정말 그의 작품 속에 등장하는 '춘당지 왜가리'처럼 인사동 골목길을 경중경중 걸어 나오던, 조금은 우스꽝스러운 모습 때문이다. 어쩌면 사뮈엘 베케트의 「고도를 기다리며」에 등장하는 두 방랑자의 모습이 저런 모습이 아닐까? 그러나 내가 아는 흙돌 시인은 삶에 회의하지 않고 산으로 들로, 혹은 구체적인 삶 속으로 시인의 잠망경을 쉼 없이 넓혀온 유쾌한 방랑자이다.

'삶을 시처럼 사시는 분, 누구보다 모국어를 사랑하시는 분, 소탈하신 분, 一日不作 一日不食 원칙을 몸소 실천하시는 분,

그리고 무엇보다 시를 너무 사랑하시는 분' 등으로 기억된다. 비록 나와 인연 된 세월은 몇 갈피의 분량밖에 되지 않지만 이러한 단편들이 적어도 내가 생각하는 흙돌 시인에 대한 선견이다. "시란 자기성찰의 결과물이자 그 시대의 삶과 사회상을 반영하고 있다"라는 명제가 유효하다면 적어도 흙돌 시인은 시인으로 살아오는 동안 이러한 시인의 책무를 저버리지 않았다고 생각한다.

금번에 출간되는 『물과 불의 사랑』 역시 자연과 인생, 그리고 사랑을 테마로 한 만상의 상관물들을 매우 유쾌한 시선으로 줌업하고 있다.

희끗한 이순의 나이에 봉천동 어느 언덕배기에 시린 다리 내려놓고 "고향의 당산 느티나무에 기대서서 / 인적 없는 신작로를 바라보며 / 휘파람이나 불던 그날"(「나는 여직도 나그네로 걷습니다」)을 상기하기도 하고, "삽을 메고 / 물아래 학처럼 / 벌판을 가다 / 사람을 만나면 반겨 웃어요"(「자연인」)라며 무위자연을 노래하기도 한다. 돌과 물을 화두로 유쾌한 선문답을 던지다가도 어느새 "뿌리 깊이 내리고 / 머리 높이 들고 // 인고의 세월 / 울퉁불퉁 살았노라"(「모과」)라며 모과의 생김새에 자신의 삶을 은유해보기도 한다.

흙돌 시인의 시는 유쾌하면서도 쉽게 (몇 작품을 제외하면) 읽힌다. 시가 쉽게 읽히는 것에 대해서는 생각해볼 여지가 있지만 나는 쉽게 읽히는 시가 좋다. 어느 후미진 농촌에서 쇠죽을 끓이시는 어머니의 쑥댓잎 같은 손에도 울퉁불퉁 못난 '모과' 같은 시집

한 권쯤 들렸으면 좋겠다는 것이 나의 오랜 바람이기도 하다.

시인은 오늘 같은 봄날이면 또 무슨 유쾌한 역모를 꿈꿀까? 배낭 하나 둘러메고 천수만 어디쯤으로 휘적휘적 홀로 여행을 준비할까? 아니면 "춘당지 남생이처럼 / 섬돌에 옹송크리고 앉아 / 사랑을 할까 / 술을 마실까"(「사랑을 할까 술을 마실까」)를 궁리할까?

흙돌 심재방 시인이여! 유쾌한 방랑자여!

김만년 2004년 근로자 문화예술제 대통령상 수상詩, 2007년 공무원 문예대전 최우수상 수상隨筆, KBS〈낭독의 발견〉등 다수 방송 출연